L. ESQUIEU

ASSEMBLÉE

DE

LA NOBLESSE

A CAHORS

EN 1789

GENTILSHOMMES PRÉSENTS
OU REPRÉSENTÉS

BREST

IMPRIMERIE A. KAIGRE, 4, RUE DU CHATEAU

1908

L. ESQUIEU

ASSEMBLÉE

DE

LA NOBLESSE

A CAHORS

EN 1789

GENTILSHOMMES PRÉSENTS

OU REPRÉSENTÉS

BREST

IMPRIMERIE A. KAIGRE, 4, RUE DU CHATEAU

1908

ÉTAT ALPHABÉTIQUE

DES

GENTILSHOMMES

PRÉSENTS OU REPRÉSENTÉS

à l'Assemblée de la Noblesse

A CAHORS

EN 1789

NOTA. — *L'orthographe des noms est celle du document original)*

Abréviations :

p. f. : *procureur fondé ;*

r. p. : *représenté par.*

Président de l'Assemblée :

Le marquis D'ADHÈMAR DE LOSTANGES, Grand-Sénéchal.

Secrétaire :

M. DE GRANDSAULT-FONTENILLES.

Commissaires désignés :

Dans la sénéchaussée de Cahors :

MM. le duc DE BIRON et DE LAUZUN,

le marquis DE LAVALETTE-PARIZOT,

le comte Alphonse DE DURFORT-BOISSIÈRES.

Dans la sénéchaussée de Montauban :

MM. DE CAZALÈS,
le marquis DE CIEURAC,
DE MOLIÈRES.

Dans la sénéchaussée de Figeac :

MM. le marquis DE CORN-D'ANGLARS,
le comte DE LENTILLAC,
le vicomte DE LOSTANGES.

Dans la sénéchaussée de Gourdon :

MM. le comte DE CALVIMONT,
le comte D'ESTRESSE DE LANZAC,
DE LAGARDE DE BONNECOSTE.

Dans la sénéchaussée de Lauzerte :

MM. le vicomte DE VALENCE,
le marquis D'ESCAYRAC,
DE FOLMON.

Dans la sénéchaussée de Martel :

MM. le marquis DE FLOIRAC,
le comte DE PLAS DE TANES,
DE LAVAUR DE LABOISSE.

Députés élus :

MM. le marquis DE LAVALETTE-PARIZOT,
le duc DE BIRON et DE LAUZUN,
le comte DE PLAS DE TANES.

MM. ABLAN (D'), seigneur d'Anglars, r. p. le chevalier des Junies.

ABLAN DE LA BOUISSE (Mme Gabrielle D'), veuve de M. de Videran, seigneuresse de Saint-Cirq, r. p. M. de Mirail.

ABLAN DE LABOUISSE, r. p. M. de Labouisse, son fils.

ALDOUIN DARAQUI, p. f. de M. DARAQUI, prêtre, seigneur de Saint-Vincent, et de M. Bernard Valon de Lapeire.

ALDOUIN DARAQUI DE LABORIE (D'), p. f. de M. de La Grenessic de Lestrade.

ALIÈS (la comtesse de Bioule, veuve de messire D'), r. p. le marquis de Cieurac.

ALIÈS DE CAUMON (Mme de Foissac, veuve de M. D'), co-seigneuresse de Caussade.

ALIÈS (Mme D'), baronne de Montbeton, seigneuresse de Caussade, épouse du marquis de Cieurac, r. p. le chevalier de Saint-André.

ANAULT (Mme de Majoret d'Espanes, veuve de M. D', conseiller au Parlement), marquise de Picquecos, r. p. M. de Martin de Bellerive.

ANDRIEU DE FOULONGUE (Mme D'), veuve de M. de Fraisse, r. p. M. de Belcastel-Montvaillant.

ARAQUI (D'). Voy. Aldouin et Daraqui.

ARCHE (D'), seigneur du Roc des Rouges, r. p. le comte d'Estresses de Lanzac.

ARROUX (D'), seigneur de Lasserre, r. p. M. de Morlhon de Laroussilhe.

AUBERIE DE SAINT-JULIEN (D'), r. p. le comte de Toucheboeuf-Clairmont.

AUDÉBARD (Mme de Rozet de Labastide de Lagarde, épouse de M. D'), r. p. M. de Beaufort, baron de Lesparre.

AUDEBARD (Mme la baronne de Ferrussac, veuve D'), r. p. M. de Marcilhac.

AUDIN DE BRENGUES (D').

AUTEROCHE (vicomte D'), baron de Montgesty et de Saint-Médard, r. p. M. de Gaulejac fils.

AUTESERRE DE COMBETTES (D').

AUZAC DE LAPANNONIE, p. f. de M. de Lapize de la Pannonie, son père.

MM. BAILLET DE BERDOLLE, seigneur de Goudourville, r. p. M. Delbreil fils.

BAR (Mme DE), épouse de M. de Mengot de La Haye (Menget de la Haye), seigneuresse de Lavergne-Valon, r. p. le comte de Lascazes.

BARAL (Mme de), veuve de M. du Pouget, comtesse de Nadaillac, r. p. M. Desplas, capitaine d'infanterie.

BARNEVAL (comte DE) ou (BONNEVAL), r. p. M. de Lille-Brives.

BAUDUS père, p. f. de noble de Baudus, mari de dame Jeanne de Pariel et en ladite qualité seigneur de Montfermier.

BAUDUS (noble DE) fils, mari de dame Jeanne de Pariel, et en ladite qualité, seigneur de Montfermier, r. p. son père.

BAUDUS (DE) fils, p. f. de M. de Malartic, premier président au Conseil souverain de Roussillon, et de M. de Lasserre, seigneur de Laroque.

BEAUCAIRE (marquis DE), p. f. de Mme de Ribeaucourt, épouse de M. de Polastron, et de M. de Bourran, seigneur de Boyer.

BEAUDOSQUIER (DE), seigneur direct dans Molières, r. p. M. de Beaudosquier de Fonblanque, son frère.

BEAUDOSQUIER DE FONBLANQUE (DE), p. f. de noble de Rive, seigneur de Rive et de noble de Beaudosquier, son frère, seigneur direct dans Molières.

BEAUFORT (DE), baron de Lesparre, p. f. de M. de Bonnafous de Mercadier et de Mme de Rozet de Labastide de Lagarde, épouse de M. d'Audebard.

BEAUMONT (le marquis DE).

BEAUMONT (le comte DE), seigneur et marquis de Saint-Géry, r. p. le comte de Cardaillac.

BEAUMONT (le vicomte DE), chef d'escadre, r. p. M. de Laroche-Lambert père.

BEAUMONT DE FALSEGAURE (DE), r. p. M. de Laborie de Rouzet, lieutenant-colonel.

BÉCAVE (DE), commissaire de la noblesse, r. p. M. Desplas, capitaine d'infanterie.

BELCASTEL (le chevalier DE), p. f. de M. Henri de Lantron et de M. de Galard de Béard, comte de Brassac.

MM. BELCASTEL-MONTVAILLANT (DE), p. f. de Mme d'Andrieu de Foulongue, veuve de M. de Fraisse, et de M. Prévot de Labastide, seigneur direct de Labastide.

BELCASTEL DE VERDUN (DE), et Mme de Vassal, son épouse, r. p. M. de Regourd père.

BELFORT (Louis, baron DE), r. p. M. Grandsault de Fontenilles.

BELLECOMBE (DE), seigneur de Cayrac, r. p. le chevalier de Saint-André.

BELLUT (DE), p. f. de M. de Bellut Saint-Jean, son père, et de M. de Pechvigayrals de Fondany.

BELLUT (chevalier DE), p. f. de M. Lagrèze, prêtre, seigneur de fief, et de Mme de Cazète, veuve Dailly de Lagarde.

BELLY DE MARANDINES (DE), seigneur de Saint-Clair, r. p. M. Grandsault de Fontenilles.

BERGUES (Mme de Comarque, veuve de M. DE), r. p. le comte de Touchebœuf-Clairmont.

BERNOY (DE), seigneur de Peyroux, r. p. M. de Baral, chevalier de Saint-Louis.

BERTHIER (comte DE).

BESOMBES DE SAINT-GENIÈS (Mme DE), épouse de M. de Gard de Cousserans, secrétaire du roi, r. p. M. de Lassagne.

BESSONIES DE SAINT-HILAIRE, p. f. de M. de Bessonies, son père.

BIDERAN (DE). Voy. Videran.

BIOULE (comtesse DE), veuve de messire d'Aliès, r. p. le marquis de Cieurac.

BIRON (le duc DE) et de Lauzun, p. f. du duc de Gontaud, son père.

BLANAC (baron DE), r. p. le comte Alphonse de Durfort-Boissières.

BOISSON (DE).

BOISSY (DE).

BONAL (DE), baron de Castelnau, p. f. du chevalier de Cieurac, seigneur de Pompignan et de Mme d'Escaudeca de Boisse.

BONAL (DE), chevalier de Saint-Louis, p. f. de M. de Bernoy, seigneur de Peyroux et de M. de Pélagrue, lieutenant-colonel.

BONAL (le chevalier Charles DE), p. f. de Mme de Vignals, épouse de M. de Pélagrue et de M. de Guintrand et son épouse.

BONNAFOUS DE MERCADIER (DE), r. p. M. de Beaufort, baron de Lesparre.

MM. BONNAFOUX (DE), seigneur de Presque, r. p. le chevalier Alex. de Lapanouze.

BONNAFOUX (DE), p. f. de M. Georges de Bonnafoux de Caminel, son frère, et de M. de Bonnafoux de Caminel, son père.

BONNEVAL (DE). Voy. Barneval.

BOSCAS DE CAZERAC (DE), écuyer, garde du roi, r. p. M. de Lacaze.

BRAMARIE D'HAUTERIVE (DE).

BRIAC (DE), seigneur de Traversac, r. p. le comte de Guiscard.

BRIANCE (DE), p. f. de M. de Castres de Tersac, et de Mlle de Lacheze, seigneuresse de Blensaguet.

BROCA (DE) fils.

BRONS (Mme de Fabry, veuve de M. DE), seigneur de Laromiguière, r. p. le chevalier de Gaulejac.

BRONS-GINAILHAC (Mme de La Duguie, veuve de M. DE), r. p. M. de Linars.

BOURRAN (DE), seigneur de Boyer, r. p. le marquis de Beaucaire.

BOUSQUET DE SURGES (ou FARGES ?) (Mme de Tholon, veuve de messire DE), r. p. le comte de Durfort-Léobard.

BOUTARIC (les dames DE), r. p. M. de Cornély.

BOUTARIC (Mme DE), veuve de M. de Colomb, r. p. M. de Colomb Dutheil, son fils.

BOUTHIÈRES (DE), p. f. de M. de Lacade de Villemontex et de M. de Labrousse-Vayrazet, conseiller au Parlement.

~~~~~~~~~~~~~

CAHUZAC (DE).

CAJARC (DE).

CALVET (DE), p. f. de M. de Caumont de Marmont.

CALVIMON (DE), r. p. M. de Saint-Géry.

CALVIMON (comte DE), p. f. de Mme Catherine-Françoise de Calvimon, baronne de Belcastel et de M. de La Sudrie de Calvayrac.

CAMBOLAS (DE), seigneur de Foucas, r. p. M. de Lavaur de Laboisse.

CAMMAS DE SAINT-RÉMY (DE), seigneur de Puylagarde, r. p. M. d'Espagne.

CAMY (DE).

CAORS DE LA SARLADIE, p. f. de M. de Caors de la Sarladie, son père.

MM. CAORS DE LA SARLADIE DE PÉCHAUT (DE), p. f. de M. Jaubert d'Ysseyrens.

CARDAILLAC (le comte DE), p. f. du comte de Beaumont, seigneur et marquis de Saint-Géry et de Mme de Cugnac, veuve de M. de Rodorel de Conduché.

CASTRES DE TERSAC (DE), r. p. M. de Brianse.

CAUMON (Mme DE), épouse de M. d'Escorbiac, seigneuresse de Realville, r. p. M. d'Escorbiac.

CAUMON-LAFORCE (Dᴵˡᵉ DE), seigneuresse du fief de Capou, r. p. le baron de Puymonbrun.

CAUMON DE MARMONT, r. p. M. de Calvet.

CAVANIAC (le baron DE), r. p. le comte de Guiscard, son fils.

CAZALÈS (DE), comte de Montesquieu, r. p. le chevalier de Comarque.

CAZALÈS (DE), p. f. de M. de Lesseps, seigneur du Colombier et du marquis de Gontaut.

CAZÈTE (Mme DE), veuve Dailly de Lagarde, r. p. le chevalier de Bellut.

CÉRAT (DE), président aux requêtes, seigneur de Sauveterre, r. p. M. d'Haumont.

CÉROU (DE), possesseur de fief dans Gignac, r. p. M. de Lasudrie.

CHAMBEAU (DE), capitaine commandant dans le régiment de Languedoc, p. f. de M. du Grenier de Lafon et de M. Antoine de Colomb, seigneur de Laprade.

CHARRY DE CAILLAVEL (DE), r. p. le baron de Couyssels.

CHATAIGNER (Mme DE), veuve de messire de Laborie, r. p. M. de Laborie de Rouzet, lieutenant-colonel.

CHAUNAC DE LANZAC. Voy. Chonac.

CHAUNAC (Mme d'Eymerique, veuve de M. DE), r. p. M. de Gaulejac.

CHAYLARD (DE), fils, seigneur du Bartas, r. p. le comte de Lagarde de Bonnecoste.

CHONAC DE LANZAC (le comte DE), p. f. de M. d'Escorbiac de Belière et de Mme de Gironde, veuve du marquis de Fonbaujard, seigneuresse de la Salvetat.

CHOTARD, seigneur de Saint-Paul.

CIEURAC (le marquis DE), p. f. de Mme la comtesse de Bioule, veuve de messire d'Aliès, et de M. le comte de Malet, seigneur de Gaillac.

MM. CIEURAC (Mme d'Aliès, baronne de Monbeton, seigneuresse de Caussade, épouse du marquis DE), r. p. le chevalier de Saint-André.

CIEURAC (le chevalier DE), seigneur de Pompigne, r. p. M. de Bonal.

CLAIRMONT-TOUCHEBŒUF (le comte DE), p. f. de M. Lefranc de Pompignan, seigneur de Caïx.

COLOMB (le chevalier DE).

COLOMB (Mme Jeanne DE), veuve de M. de Péret, r. p. M. de Prudhomme.

COLOMB (Antoine DE), seigneur de Laprade, r. p. M. de Chambeau.

COLOMB DUTHEIL (DE), p. f. de Mme de Boutaric, veuve de M. de Colomb, sa mère.

COLOMB DE SAINT-AMARE (DE), p. f. de M. de Lagarde, seigneur de Narbonnès.

COMARQUE (le chevalier DE), p. f. de M. de Comarque, seigneur du fief de Moissac, etc., et de M. de Cazalès, comte de Montesquieu.

COMARQUE (Mme DE), veuve de M. de Bergues r. p. le comte de Touchebœuf-Clairmont.

COMBETTES (DE), premier président au bureau des finances, seigneur de Marfeil, r. p. M. de Combettes de Lapeyrière.

COMBETTES DE LAPEYRIÈRE (DE), p. f. de M. de Combettes, premier président au bureau des finances, seigneur de Marfeil, et de M. de Lombard de Génibrat.

CONQUANS (Mme de Lagrange-Gourdon, veuve de M. DE), r. p. M. de Gaulejac.

CONTIÉ (DE), seigneur de Mayronne, r. p. le comte de Gironde.

CORN D'ANGLARS (marquis DE).

CORNÉLY (DE), p. f. des dames de Boutaric.

CORNEILHAN (comtesse DE), r. p. M. Desplas, ancien mousquetaire.

CORNEILHAN (le vicomte DE), r. p. M. de Larnagol.

COUYSSELS (le baron DE), p. f. de Demoiselle Laburgade de Belmont, pour son fief dans Belmont, et de M. de Charry de Caillavel.

CUGNAC (Mme DE), veuve de M. de Rodorel de Conduché, r. p. le comte de Cardaillac.

CUGNAC (le comte DE), r. p. le marquis de Touchebœuf-Beaumont.

CROZAILLES (DE).

CRUSSOL (Mme DE), seigneuresse de Saint-Sulpice, r. p. le marquis de Floirac.

MM. CRUZY-MARCILHAC (DE), seigneur de Loubejac, r. p. le chevalier de Gaulejac de Touffailles.

CRUZY DE MARCILHAC (le chevalier DE), p. f. de M. d'Izarn, baron de Capdeville et de M. Salomon de Prayssac, seigneur de Ranié.

~~~~~~~~~~~~~~~~~~~~~~

DAILLY DE LAGARDE (Mme de Cazète, veuve de M.), r. p. le chevalier de Bellut.

DARAQUI, prêtre, seigneur de Saint-Vincent, r. p. Aldouin Daraqui.

DARNIS (Mme Desplas, veuve de M.), r. p. M. de Mostolac.

DELBREIL père, p. f. du comte de Lostanges, vicaire général d'Autun, seigneur de Saint-Projet.

DELBREIL fils, p. f. de M. Baillet de Berdolle, seigneur de Goudourville.

DELFAU DE BOUILHAC, seigneur de Villemade, r. p. M. de Monteil.

DELFAU DE ROQUEFORT, r. p. M. de Mondézir.

DELON (noble Antoine), seigneur direct de Courteil (Coustet), r. p. M. Delon de Félines père.

DELON DE FÉLINES père, p. f. de noble Antoine Delon, seigneur direct de Courteil (Coustet), et de noble de Granier, seigneur de Saillac.

DELON DE FÉLINES fils, p. f. de M. Dupont de Ligonès, seigneur de Pomeyrol, dans Caylus, de dame de Gaulejac, veuve de M. de Rabastens, et de M. de Framont de Lafajole, héritier de M. le comte de Gaulejac, seigneur de Piac.

DELORD.

DELPÉRÉ DE SAINTE-LIVRADE, r. p. le comte de Saint-Exupéry.

DELPÉRÉ DE SAINTE-LIVRADE (Mme de Fezendier, épouse de M.), r. p. M. Desplas.

DELPÉRIÉ, prêtre, seigneur du fief de Joannès (ou Joannis), r. p. M. de Fouilhac de Padirac.

DESCAN (Mme), veuve de M. le comte d'Uzech, r. p. le comte de Durfort-Léobard.

DES GOUGES-DESPAUX, r. p. le marquis de Saint-Sardos-Mondenard.

MM. DES PARREAU DE COUYSSELS (Mme), épouse de M. de Gatebois, possédant fief divisément, r. p. son mari.

DESPLAS (Mme), veuve de M. Darnis, r. p. M. de Mostolac, chevalier de Saint-Louis.

DESPLAS, capitaine d'infanterie, p. f. de Mme de Baral, veuve de M. du Pouget, comtesse de Nadaillac, et de M. de Bécave, commissaire de la noblesse.

DESPLAS, lieutenant des grenadiers royaux, p. f. de M. Bernard de Saint-Jean, vicomte de Marcilhac, et de la comtesse de Saignes.

DESPLAS, ancien mousquetaire, p. f. de M. Dufau, baron de Laroque-Toirac, et de la comtesse de Corneilhou.

DESPLAS, officier des chasseurs, p. f. de Mme de Fézendier, épouse de M. Delpéré de Sainte-Livrade et de M. de Tournié, comte de Vaillac.

DESPLAS DU BUISSON.

DOUMERC DE LACAZE.

DU BAILLET DE BORDOL. Voy. Baillet de Berdolle.

DU BOUSQUET, baron de Genebrières, r. p. le chevalier de Vicose.

DU BOUSCOT (le chevalier), p. f. de M. du Bouscot, son frère, seigneur du Bouscot et le Sindic.

DU BRUEILH (Mlle DE), seigneuresse de fief à Caylux, r. p. M. de Laburgade de Belmon.

DU CHAYLAR, p. f. du baron de Poissac et de M. de Pascal, seigneur de Creysse.

DUFAU, baron de Laroque-Toirac, r. p. M. Desplas, ancien mousquetaire.

DUFFAURE DE PAULIAC, p. f. de M. Alexandre de Tulles, pour son fief de Saint-Geniez.

DU FOSSAT (le chevalier).

DUGARENNE DE MONTBEL, p. f. de M. de Secondat.

DU GRENIER DE LAFON, r. p. M. de Chambeau.

DUMAS (César), seigneur de Puygaillard, r. p. M. de Malartic.

DU NOYER, p. f. de messire de Nucé, seigneur de Lamothe et du comte de Turenne, marquis d'Aynac.

DUPONT DE LIGONÈS, seigneur de Pomeyrol, dans Caylus, r. p. M. Delon de Félines fils.

MM. DU POUGET (Mme de Baral, veuve de M.), comtesse de Nadaillac, r. p. M. Desplas, capitaine d'infanterie.

DU POUGET DE LA BARRIÈRE.

DU POUGET, seigneur de Mareuil, r. p. le comte d'Estresses de Lanzac.

DURFORT (le chevalier DE).

DURFORT-BOISSIÈRES (le comte Alphonse DE), p. f. de M. de Nucé de Lissac, seigneur de Rignac, et du baron de Blanac.

DURFORT-CLAIRMONT (le comte DE), seigneur de Puylaunès, r. p. le marquis de Lavalette-Parizot.

DURFORT-LÉOBARD (le comte DE), p. f. de Mme de Toulon (Tholon), veuve de messire de Bousquet de Surges (ou Farges?) et de Mme Descan, veuve de M. le comte d'Uzech.

DURIOL DE LAFON.

DUROC DE MAUROUX, baron d'Orgueil, r. p. le chevalier de Lacapelle.

DU ROUZET, p. f. de noble de Pugnet de Fontada, pour son fief de Robin et de Mme Marg. Ginestet de Selves pour son fief dans Thézels.

DU ROZET DE BRAS, p. f. de M. Rolland de Villenave.

DU SERIECH, seigneur de Saint-Avit, r. p. M. de Mirandol.

DU VAC (DUVAL) (le président), seigneur de Varaire, r. p. le chevalier de Gaulejac de Touffailles.

ESCAUDECA DE BOISSE (Mme D'), r. p. M. de Bonal.

ESCAYRAC (le marquis D').

ESCAYRAC DE MONTBEL (D'), p. f. de M. Pierre d'Escayrac et de Mme de Montajeaux, veuve de M. de Fargues.

ESCORBIAC (D'), p. f. de Mme de Caumon, épouse de M. d'Escorbiac, seigneuresse de Réalville, et de Mme de Foissac, veuve de M. d'Aliès de Caumon, co-seigneuresse de Caussade.

ESCORBIAC (Mme de Caumon, épouse de M. D'), seigneuresse de Réalville, r. p. M. d'Escorbiac.

ESCORBIAC DE BÉLIÈRE (D'), r. p. le comte de Chonac de Lanzac.

MM. ESPAGNAC (D'), p. f. du comte de Lastic-Saint-Jal, seigneur de Péjourde, Mordagne et Cas, et de M. de Cammas de Saint-Rémy, seigneur de Puylagarde.

ESTRESSES DE LANZAC (le comte D'), p. f. de M. du Pouget, seigneur de Mareuil et de M. d'Arche, seigneur du Roc des Rouges.

ESTRESSES DE PAUNAC (Mme M....., veuve de M. D'), r. p. M. de Lagarde-Besse.

EYMERIQUE (Mme D'), veuve de M. de Chaunac, r. p. M. de Gaulejac.

FABRY (Mme DE), veuve de M. de Brons, seigneur de Laromiguière, r. p. le chevalier de Gaulejac.

FARGUES (DE).

FARGUES (Mme de Montajeaux, veuve de M. DE), r. p. M. d'Escayrac de Montbel.

FAVARS DE FAVOLS (DE).

FERRUSSAC (Mme la baronne DE), veuve d'Audebard, r. p. M. de Marcilhac.

FEZENDIER (Mme DE), épouse de M. Delpéré de Sainte-Livrade, r. p. M. Desplas.

FLOIRAC (le marquis DE), p. f. de Mme de Marenzac, veuve de messire de Pignol, et de Mme de Saint-Sulpice.

FOISSAC (Mme DE), veuve de M. d'Aliès de Caumon, co-seigneuresse de Caussade, r. p. M. d'Escorbiac.

FOLMON (DE), p. f. de M. François-Marie de Lalbenque, pour ses fiefs dans Valprionde, et de M. Jean de Lalbenque, pour son fief des Albencats.

FOLMON DE LAGRAVE (DE), r. p. M. de Fouilhac de Padirac.

FONBAUJARD (Mme de Gironde, veuve du marquis DE), seigneuresse de la Salvetat.

FOUILHAC DE MORDESSON (DE), p. f. de Mme de Pouzargues, veuve de M. de Saynac de Garrigues, et de Mme veuve de Manas.

FOUILHAC DE PADIRAC (DE), p. f. de M. Folmon de Lagrave, et de M. Delpérié, prêtre, seigneur du fief de Joannès.

MM. FOUILHAC DE SENIERGUES (DE).

FOUILHAC (Mme DE), épouse de M. de Lalbenque, r. p. M. de Pouzargues.

FRAISSE (Mme d'Andrieu de Foulongue, veuve de M. DE), r. p. M. de Belcastel-Montvaillant.

FRAMONT DE LAFAJOLE (DE), héritier du comte de Gaulejac, seigneur de Piac, r. p. M. Delon de Félines, fils.

FRAYSSE DE CAUSSADE (DE).

~~~~~~~~~~~~~~~~~~

GALARD DE BÉARN (DE), comte de Brassac, r. p. le chevalier de Belcastel.

GARD DE COUSSERANS (Mme de Besombes de Saint-Geniez, épouse de M. DE, secrétaire du roi), r. p. M. de Lassagne.

GARRIGUES (DE). Voy. : Saynac.

GASC (le comte DE), p. f. de M. de Geniez de la Valade.

GASQ (DE).

GATEBOIS (DE), p. f. de Mme des Parreau de Couyssels, son épouse, possédant fief divisément, et de Mme de Turenne, comtesse d'Arjac.

GATIGNOL DE LANTÈS (Mme de Gripière de Monteroc, veuve du seigneur DE), r. p. le chevalier de Lacapelle.

GAUDUSSON (DE), chevalier, seigneur de Pradal, r. p. M. de Montlezun fils.

GAULEJAC (le chevalier DE), p. f. de Mme de Fabry, veuve de M. de Brons, seigneur de Laromiguière, et de M. Périn de Bouzon, seigneur de Bencat (Benens ?) et le Touron.

GAULEJAC (DE), p. f. de Mme d'Eymerique, veuve de M. de Chaunac et de Mme de Lagrange-Gourdon, veuve de M. de Conquans.

GAULEJAC (DE) fils, p. f. du vicomte d'Auteroche, baron de Montgesty et de Saint-Médard, et de Mme Véal du Blanc, veuve du comte de Lastic.

GAULEJAC DE TOUFFAILLES (le chevalier DE), p. f. de M. de Cruzy-Marcilhac, seigneur de Loubejac, et de M. le président du Vac (Duval ?), seigneur de Varaire.

MM. GAULEJAC (de Framont de Lafajole, héritier du comte DE), seigneur de Piac, r. p. M. Delon de Félines fils.

GAULEJAC (Mme DE), veuve de M. de Rabastens, r. p. M. Delon de Félines, fils.

GAUTIER DE SAVIGNAC, r. p. M. de Montratier.

GAUTIER DE SAVIGNAC (DE), r. p. le comte de Saint-Exupery.

GAYRAC (DE), p. f. M. de Pugnet, curé de Cadamas (Calamane), et de d¹¹ᵉ de Pugnet de Gayrac.

GENIÈS DE LABARTHE (DE).

GENIÈS DE MANIAGUES.

GENIÈS DE LA VALADE (DE), r. p. le comte de Gasc.

GINESTET DE SELVES (Mme Marg. DE), pour son fief dans Thézels, r. p. M. du Rouzet.

GIRONDE (DE), seigneur de Montcléra, r. p. le marquis de Touche-bœuf-Beaumont.

GIRONDE (le comte DE), p. f. de M. de Contié, seigneur de Meyronne, et du comte de Marqueyssac.

GIRONDE (le comte DE), seigneur du fief, et sa femme, de Foucaux, r. p. M. de Mallezet.

GIRONDE (Mme DE), veuve du marquis de Fonbaujard, seigneuresse de la Salvetat.

GONTAUD (le duc DE), r. p. son fils, le duc de Biron et de Lauzun.

GONTAUD (le marquis DE), r. p. M. de Cazalès.

GOUGES-DESPEAUX (DE). Voy. : Des Gouges.

GOUZON-D'AYS (Mme de Montagut, veuve de M. DE), r. p. M. de Montagut-Favols.

GRANSAULT DE FONTENILLES, p. f. de M. de Belly de Marandines, seigneur de Saint-Clair et de M. Louis, baron de Belfort.

GRANÈS (Hugues DE), seigneur de Granès, r. p. M. de Molinet de Lavaur.

GRANIER (DE), seigneur de Saillac, r. p. M. Delon de Félines père.

GRIPIÈRE DE MONTEROC, veuve du seigneur de Gatignol de Lantès, r. p. le chevalier de Lacapelle.

GUINTRAND (DE), et son épouse, r. p. le chevalier Ch. de Bonal.

GUISCARD (le comte DE), p. f. du baron de Cavaniac, son père, et de M. de Briac, seigneur de Traversac.

GUISCARD DE BAR (DE), chef de brigade au corps royal d'artillerie, r. p. M. d'Haumont.

MM. HAUMONT (le chevalier D').

HAUMONT (D'), p. f. de M. de Guiscard de Bar, chef de brigade au corps royal d'artillerie, et de M. de Cérat, président aux requêtes, seigneur de Sauveterre.

HÉLYOT ou HÉLIOT (D').

IZARN (D'), baron de Capdeville, r. p. le chevalier de Cruzy de Marcilhac.

JAUBERT DE RASSIOLS (DE).

JAUBERT D'YSSEYRENS, r. p. M. de Caors de la Sarladie de Péchaut.

JUNIES (le chevalier DES), p. f. du comte de Rastignac et de M. d'Ablanc, seigneur d'Anglars.

LABASTIDE (Mme Françoise DE), seigneuresse de Lagravière, r. p. M. de Molinet de Lavaur.

LABONDIE (DE), père.

LABONDIE (DE), fils.

LABORIE DE ROUZET (DE), lieutenant-colonel, p. f. de M. de Beaumont de Falsegaure et de Mme de Chataigner, veuve de messire de Laborie.

LABORIE DE ROZET (Mme DE), épouse de M. Pons Dinety, r. p. M. de Lacroze.

LABORIE (Mme de Chataigner, veuve de messire DE), r. p. M. de Laborie de Rouzet.

LABOUISSE (DE), p. f. de M. d'Ablan de Labouisse, son père, et de M. de Lafaverie, seigneur de Blanzac.

LABROUE (DE), conseiller au Parlement, r. p. son frère.

LABROUE (DE), p. f. de M. de Labroue, conseiller au Parlement, son frère, et de messire de Lacoste de l'Isle, habitant de Moissac.

3

MM. Labroue de Saint-Sernin (de), r. p. le vicomte de Lostanges.

Labrousse-Veyrazet (de), conseiller au Parlement, r. p. M. de Boutières.

Laburgade de Belmon, p. f. de M. de Lagardelle, seigneur de fief à Caylux, et de Demoiselle du Brueilh, seigneuresse de fief à Caylux.

Laburgade de Belmont (Dlle de), pour son fief dans Belmont, r. p. M. de Couyssels.

Lacade de Villemontex (de), r. p. M. de Boutières.

Lacapelle (le chevalier de), p. f. de M. Duroc de Mauroux, baron d'Orgueil, et de Mme de Gripières de Monteroc, veuve du seigneur de Gatignol de Lantès.

La Chapelle de Carman (de), r. p. le chevalier de Roger.

La Chèze (Mlle de), seigneuresse de Blensaguet, r. p. M. de Brianse.

Lacombe de Monteils (de), seigneur de Cayriech, r. p. M. de Molières.

Lacoste (de).

Lacoste-Fontenilles (de).

Lacoste de l'Isle (de), habitant de Moissac, r. p. M. de Labroue.

Lacroix de Gironde (de) père.

Lacroix de Gironde (de) fils.

Lacroze (de), p. f. de Mme de Laborie de Rozet, épouse de noble Pons Dinety, et de M. de Boscas de Cazerac, écuyer, garde du roi.

Laduguie de Calès (de), p. f. de M. Rigal d'Augé de Laplène.

Laduguie (Mme de), veuve de M. de Brons-Ginailhac, r. p. M. de Linars.

Lafaverie (de), seigneur de Blanzac, r. p. M. de Labouisse.

Lafaverie de Martignac, seigneur de Barthes, juridᵒⁿ de Molières, r. p. le chevalier de Vicose.

Lagarde (de), seigneur de Narbonnès, r. p. M. de Colomb de Saint-Thamár.

Lagarde-Besse (de), p. f. de M. de Veaurillon, baron de Langlade et de Mme M....., veuve de M. Destresses de Paunac.

Lagarde, seigneur de Bonnecoste, r. p. son fils, le comte de Lagarde de Bonnecoste.

MM. LAGARDE DE BONNECOSTE (le comte DE), p. f. de M. de Chaylar fils, seigneur du Bartas, et de M. de Lagarde, seigneur de Bonnecoste, son père.

LAGARDELLE (DE), seigneur de fief à Caylux, r. p. M. de Laburgade de Belmon.

LAGRANGE-GOURDON (Mme DE), veuve de M. de Conquans, r. p. M. de Gaulejac.

LAGRANGE (Mme de Veyrac, veuve de M. DE), seigneur de Lagardelle, r. p. le chevalier Alex. de Lapanouze.

LA GRENESSIE DE LESTRADE (DE), r. p. M. d'Aldouin Daraqui de Laborie.

LAGRÈZE, prêtre, seigneur de fief, r. p. le chevalier de Bellut.

LAGUÉPIE DE PRUD'HOMME (Mlle DE), r. p. M. de Lavaur de Laboisse.

LALBENQUE (François-Marie DE), pour des fiefs dans Valprionde, r. p. M. de Folmon.

LALBENQUE (Jean DE), pour son fief des Albencats, r. p. M. de Folmon.

LALBENQUE (Mme de Fouilhac, épouse de M. DE), r. p. M. de Pouzargues.

LAMOTHE (DE), seigneur de Latour de Montfaucon, r. p. M. de Montratier.

LAMOTHE-FORTET (DE), p. f. de M. de Lamothe-Fortet.

LANGLE (le baron DE).

LANIÈS DE BLADINIÈRES.

LANTRON (Henri DE), r. p. le chevalier de Belcastel.

LAPANOUZE (le chevalier Alexandre DE), p. f. de M. de Bonnafoux, seigneur de Presque et de Mme de Veyrac, veuve de M. de Lagrange, seigneur de Lagardelle.

LAPANOUZE (le chevalier DE), p. f. du baron de Lapanouze, son père.

LAPIZE (DE), capitaine dans Dauphin.

LAPIZE DE LA CAYROUSE (DE), p. f. de Mme veuve de Lapize de la Cayrouse, sa mère, seigneuresse de Peyrilles.

LAPIZE DE LA PANONIE (DE), r. p. son fils, M. d'Auzac de Lapanonie.

LAPIZE DE LUNEGARDE (DE).

MM. LAPIZE DE SAINT-PROJET (DE).

LARNAGOL (DE), p. f. du comte de Latour du Pin, seigneur de Cénevières et du vicomte de Corneilhan.

LAROCHE (DE), marquis de Fontenilles, r. p. M. de Mallezet.

LAROCHE-LAMBERT (DE) père, p. f. de M. le vicomte de Beaumont, chef d'escadre.

LAROCHE-LAMBERT (DE) fils, p. f. de noble Demoiselle Suzanne de Pignol, seigneuresse de Durand.

LAROQUE-BOUILLAC (DE).

LAROUSSIE (DE), p. f. de M. de Maynard de Copeyre, et du comte de Latour du Roc et de la dame son épouse.

LASCAZES (le comte DE), p. f. de Mme de Bar, épouse de M. de Mengot de la Hage (Menget de la Haye), seigneuresse de Lavergne-Valon.

LASSAGNE (DE), p. f. de Mme de Besombes de Saint-Geniès, épouse de M. de Gard de Cousserans, secrétaire du roi.

LASSERRE (DE), seigneur de Laroque, r. p. M. de Baudus fils.

LASSERRE (Mme Catherine DE), veuve de M. de Miremon, seigneur de Chadebic, r. p. M. de Saint-Géry.

LASSERRE (Mlle), r. p. le chevalier de Roger.

LASTIC-SAINT-JAL (le comte DE), seigneur de Péjourde, Mordagne et Cas, r. p. M. d'Espagne.

LASTIC (Mme Véal du Blanc, veuve du comte DE), r. p. M. de Gaulejac fils.

LASUDRIE (DE), p. f. de M. de Lasudrie du Broca, son père, et de M. de Cérou, possesseur de fief dans Gignac.

LASUDRIE DE CALVAYRAC (DE), r. p. le comte de Calvimon.

LATOUR DE BONNEFOUX (DE).

LATOUR DU PIN (le comte DE), seigneur de Cénevières, r. p. M. de Larnagol.

LATOUR DU ROC (DE) et son épouse, r. p. M. de Laroussie.

LAVALETTE-PARIZOT (le marquis DE), p. f. du comte de Durfort-Clairmont, seigneur de Puylaunès et de M. de Palhasse, baron de Salgues.

LAVAUR (M. Jérôme DE), capitaine de cavalerie, chevalier de Saint-Louis, r. p. M. de Montlezun fils.

LAVAUR DE BOUILLAC (DE), r. p. M. de Lille-Brives.

MM. LAVAUR DE LABOISSE (DE), p. f. de Mlle de Laguépie de Prudhomme, et de M. de Cambolas, seigneur de Foucas.

LE BLANC DE SAINT-FLEURIEN père, r. p. M. Le Blanc, son fils.

LE BLANC (le chevalier).

LE BLANC, p. f. de M. Le Blanc de Saint-Fleurien, son père.

LEFRANC DE LACARRY.

LEFRANC DE POMPIGNAN, seigneur de Caïx, r. p. le comte de Clairmont-Touchebœuf.

LENTILLAC (le comte DE).

LESSEPS (DE), seigneur du Colombier, r. p. M. de Cazalès.

LILLE-BRIVES (DE), p. f. de M. de Lavaur de Bouillac et du comte de Borneval (ou Bonneval).

LINARS (DE), p. f. de Mme de la Duguie, veuve de M. de Brons-Ginailhac.

LOMBARD DE GÉNIBRAT (DE), r. p. M. de Combettes de Lapeyrière.

LOSTANGES (le comte DE), vicaire-général d'Autun, seigneur de Saint-Projet, r. p. M. Delbreil père.

LOSTANGES (le vicomte DE), p. f. de messire de Lostanges-Béduer, son frère, et de messire de Labroue de Saint-Sernin.

LOSTANGES-BÉDUER (DE), r. p. son frère, le vicomte de Lostanges.

MAFFRE DU CLUZEL (DE), r. p. M. de Pouzargues.

MAILLES ou MALHIER (DE), ancien major du Maine.

MAJORET D'ESPANES (Mme DE), veuve de M. d'Anault, conseiller au Parlement, marquise de Picquecos, r. p. M. de Martin de Bellerive.

MALARTIC (DE), premier président au conseil souverain de Roussillon, r. p. M. de Baudus fils.

MALARTIC (DE), p. f. de Mme de Savignac, veuve de M. Desplas, seigneuresse de Léribosc, et de M. César Dumas, seigneur de Puygaillard.

MALET (le comte DE), seigneur de Gaillac, r. p. le marquis de Cieurac.

MALLEZET (DE), p. f. de M. de Laroche, marquis de Fontenilles, et du comte de Gironde, seigneur du fief et de sa femme, de Foucaux.

MM. MANAS (Mme veuve DE), r. p. M. de Fouilhac de Mordesson.

MARANZAC (Mme DE), veuve de messire de Pignol, r. p. le marquis de Floirac.

MARCILHAC (le chevalier DE).

MARCILHAC (DE), p. f. de Mme la baronne de Ferrussac, veuve d'Audebard.

MARIOLES (Bernard DE), r. p. le marquis de Saint-Sardos-Mondenard.

MARQUEYSSAC (le comte DE), r. p. le comte de Gironde.

MARTIN DE BELLERIVE (DE), p. f. de M. d'Ouvrier, baron de Bruniquel et de Mme de Majoret d'Espanes, veuve de M. d'Anault, conseiller au Parlement, marquise de Piquecos.

MATERRE DE CHAUFFOUR, r. p. son frère.

MATERRE DE CHAUFFOUR (DE), p. f. de son frère.

MAURIAC (DE).

MAYNARD (DE).

MAYNARD DE COPEYRE (DE), r. p. M. de Laroussie.

MENGET DE LA HAYE. Voy. : Mme de Bar.

MIRAIL (DE), p. f. de Mme Gabrielle d'Ablan de la Bouisse, veuve de M. de Videran, seigneuresse de Saint-Cirq.

MIRANDOL (le chevalier DE), p. f. de M. Pezet de Viteterne.

MIRANDOL (DE), p. f. de M. du Seriech, seigneur de Saint-Avit, et de Mme de Ségala, veuve de M. de Mirandol, sa mère.

MIRANDOL (Mme de Ségala, veuve de M. DE), r. p. son fils.

MIREMONT (Mme Catherine de Lasserre, veuve de M. DE), seigneur de Chadebic, r. p. M. de Saint-Géry.

MOLIÈRES (DE), p. f. de M. de Lacombe de Monteils, seigneur de Cayriech et de M. de Vignes, seigneur marquis de Puylaroque.

MOLINET DE LAVAUR (DE), chevalier de Granès, p. f. de Mme Françoise de Labastide, seigneuresse de Lagravière et de M. Hugues de Granès, seigneur de Granès.

MONDÉZIR (DE), p. f. du marquis de Tauriac, seigneur de Belmontet et de M. Delfau de Roquefort.

MONTAGUT DE CREMPS (DE), p. f. du comte de Montagut-Lomagne.

MONTAGUT DE FAVOLS (DE), p. f. de Mme de Montagut, veuve de M. de Gouzon d'Ays et de M. de Montratier de Parazols.

MONTAGUT DE GRANEL (DE).

MONTAGUT-LOMAGNE (le comte DE), r. p. M. de Montagut de Cremps.

MM. MONTAGUT (Mme DE), veuve de M. de Gouzon d'Ays, r. p. M. de Montagut-Favols.

MONTAJEAUX (Mme DE), veuve de M. de Fargues, r. p. M. d'Escayrac de Montbel.

MONTEIL (le comte DE).

MONTEIL (DE), officier dans Languedoc, p. f. de M. Moreau de Garoufleau (Gorenflos), seigneur d'Arcambal, et de M. Delfau de Bouillac, seigneur de Villemade.

MONTLEZUN (DE) père, p. f. de M. de Relhac, chevalier de Saint-Louis et de M. de Sauniac, baron du Fossat.

MONTLEZUN fils, p. f. de M. de Gaudusson, chevalier, seigneur de Pradal, et de M. Jérôme de Lavaur, capitaine de cavalerie, chevalier de Saint-Louis.

MONTRATIER (DE), p. f. de M. Gautier de Savignac, et de M. de Lamothe, seigneur de Latour de Montfaucon.

MONTRATIER DE PARAZOLS (DE), r. p. M. de Montagut-Favols.

MOREAU DE GAROUFLEAU (GORENFLOS), seigneur d'Arcambal, r. p. M. de Monteil.

MORLHON DE LAROUSSILHE (DE), p. f. de M. d'Arroux, seigneur de Lasserre.

MOSTOLAC (le chevalier DE).

MOSTOLAC (DE), chevalier de Saint-Louis, p. f. de Mme Desplas, veuve de M. Darnis.

NIOUL DE MAZEYRAC (DE), p. f. de M. de Thégra de Caussade.

NUCÉ (DE), seigneur de Lamothe, r. p. M. du Noyer.

NUCÉ DE LISSAC (DE), seigneur de Rignac, r. p. le comte Alph. de Durfort-Boissières.

OUVRIER (D'). baron de Bruniquel, r. p. M. de Martin de Bellerive.

MM. PALHASSE (DE), baron de Salgues, r. p. le marquis de Lavalette-Parizot.

PARAZOLS (le chevalier DE).

PARIEL (noble de Baudus, mari de dame Jeanne DE), et en cette qualité seigneur de Montfermier, r. p. Baudus père.

PASCAL (DE), seigneur de Creysse, r. p. M. du Chaylar.

PECHVIGAYRALS DE FONDANY, r. p. M. de Bellut.

PELAGRUE (DE), lieutenant-colonel, r. p. M. de Bonal, chevalier de Saint-Louis.

PELAGRUE (Mme de Vignals, épouse de M. DE), r. p. le chevalier Ch. de Bonal.

PÉRET (Mme Jeanne de Colomb, veuve de M. DE), r. p. M. de Prudhomme.

PÉRIN DE BOUZON, seigneur de Benens (Bencat ?) et le Touron, r. p. le chevalier de Gaulejac.

PEYRONNENQ (DE).

PEZET DE VITETERNE (DE), r. p. le chevalier de Mirandol.

PIGNOL (noble Demoiselle Suzanne DE), seigneuresse de Durand, r. p. M. de Laroche-Lambert fils.

PIGNOL (Mme de Maranzac, veuve de messire DE), r. p. le marquis de Floirac.

PLATS DE TANES (le comte DE).

POISSAC (le baron DE), r. p. M. du Chaylar.

POLASTRON (Mme de Ribeaucourt, épouse de M. DE), r. p. le marquis de Beaucaire.

POUZARGUES (DE), p. f. de M. de Maffre du Cluzel, et de Mme de Fouilhac, épouse de M. de Lalbenque.

POUZARGUES (Mme DE), veuve de M. de Saynac de Garrigues, r. p. M. de Fouilhac de Mordesson.

PRÉVOT DE LABASTIDE, seigneur direct de Labastide, r. p. M. de Belcastel-Montvaillant.

PRUDHOMME DU ROC (DE), r. p. son fils, M. de Prudhomme.

PRUDHOMME (DE), p. f. de M. de Prudhomme du Roc, son père, et de Mme Jeanne de Colomb, veuve de M. de Péret.

PUGNET (DE), curé de Cadamas (Calamane), r. p. M. de Gayrac.

PUGNET DE FONTADA (DE), pour son fief de Rolin, r. p. M. du Rouzet.

MM. PUGNET DE GAYRAC (Dlle DE), r. p. M. de Gayrac.

PUGNET DE LASTOURS (DE), p. f. de M. Arnaud-François de Pugnet-Montfort.

PUGNET-MONTFORT (Arnaud-François DE), r. p. M. de Pugnet de Lastours.

PUYMONBRUN (le baron DE), p. f. de M. Pierre de Roure, seigneur de Saint-Aureil et de demoiselle de Caumon-Laforce, seigneuresse du fief de Capou.

RABASTENS (Mme de Gaulejac, veuve de M. DE), r. p. M. Delon de Félines fils.

RASTIGNAC (le comte DE), r. p. le chevalier des Junies.

RAVET DE FARGUES (DE).

REGOURD (DE) père, p. f. de M. de Belcastel de Verdun et de dame de Vassal, son épouse.

REGOURD (DE) fils.

RELHAC (DE), chevalier de Saint-Louis, r. p. M. de Montlezun père.

RIBEAUCOURT (Mme DE), épouse de M. de Polastron, r. p. le marquis de Beaucaire.

RIGAL D'AUGÉ DE LAPLÈNE, r. p. M. de Laduguie de Calès.

RIVE (DE), seigneur de Rive, r. p. M. de Beaudosquier de Fonblanque.

RODOREL DE CONDUCHÉ (Mme de Cugnac, veuve de M. DE), r. p. le comte de Cardaillac.

ROGER (le chevalier DE), p. f. de Mlle de Lasserre et de M. de La Chapelle de Carman.

ROLLAND DE VILLENAVE, r. p. M. du Rozet de Bras.

ROURE (Pierre DE), seigneur de Saint-Aureil, r. p. le baron de. Puymonbrun.

ROZET DE LABASTIDE DE LAGARDE (Mme DE), épouse de M. d'Audebard, r. p. M. de Beaufort, baron de Lesparre.

ROZET DE LACOSTE-GRAMONT, r. p. le baron de Rozet de Lagarde.

ROZET DE LAGARDE (le baron DE), p. f. de M. de Rozet de Lacoste-Gramont.

SADOUX (DE), p. f. de M. Thiron de Ladevèze, seigneur de Laurière et de M. de Savignac, président à la Cour des Aides, seigneur de fief à Laroque-Marès.

4

MM. SAIGNES (la comtesse DE), r. p. M. Desplas, lieutenant des Grenadiers royaux.

SAINT-ANDRÉ (le chevalier DE), p. f. de Mme d'Aliès, baronne de Montbeton, seigneuresse de Caussade, épouse du marquis de Cieurac, et de M. de Bellecombe, seigneur de Cayrac.

SAINT-EXUPÉRY (le comte DE), p. f. de M. Delpéré de Sainte-Livrade, et de M. de Gautier de Savignac.

SAINT-GÉRY (DE), p. f. de M. de Calvimon, et de Mme Catherine de Lasserre, veuve de M. de Miremont, seigneur de Chadebic.

SAINT-JEAN (Bernard DE), vicomte de Marcilhac, r. p. M. Desplas, lieutenant des Grenadiers royaux.

SAINT-MARTIN (DE), seigneur de Labastide-Marsa.

SAINT-SARDOS-MONDENARD (le marquis DE), p. f. de M. Bernard de Marioles et de M. des Granges-Despeaux.

SAINT-SIMON (le chevalier DE).

SALOMON DE PRAYSSAC, seigneur de Ranié, r. p. le chevalier de Cruzy de Marcilhac.

SAUNIAC (DE), baron du Fossat, r. p. M. de Montlezun père.

SAVIGNAC (DE), président à la Cour des Aides, seigneur de fief à Laroque-Morès, r. p. M. de Sadoux.

SAVIGNAC (Mme DE), veuve de M. Desplas, seigneuresse de Léribosc, r. p. M. de Malartic.

SAYNAC DE GARRIGUES (Mme de Pouzargues, veuve de M.), r. p. M. de Fouilhac de Mordesson.

SECONDAT (DE), r. p. M. Dugarenne de Montbel.

SEGALA (Mme DE), veuve de M. de Mirandol, r. p. son fils, M. de Mirandol.

SÉGUY DE CALAMANE (DE).

SIRIECH (DE).

TAURIAC (le marquis DE), seigneur de Belmontet, r. p. M. de Mondézir.

THÉGRA DE CAUSSADE (DE), r. p. M. de Nioul de Mazeyrac.

THIRON DE LADEVÈZE, seigneur de Laurière, r. p. M. de Sadoux.

THOLON (Mme DE), veuve de messire Bousquet de Surges (ou Farges ?), r. p. le comte de Durfort-Léobard.

TOUCHEBŒUF-BEAUMONT (le marquis DE), p. f. de M. de Gironde, seigneur de Montcléra et de M. le comte de Cugnac.

MM. TOUCHEBŒUF-CLAIRMONT (le comte DE), p. f. de Mme de Comarque, veuve de M. de Bergues, et de M. d'Auberie de Saint-Julien.

TOULON (DE). Voy. : Tholon (de).

TOURNIÉ (DE), comte de Vaillac, r. p. M. Desplas.

TURENNE (le comte DE), marquis d'Aynac, r. p. M. du Noyer.

TURENNE (Mme DE), comtesse d'Arjac (Aynac), r. p. M. de Gatebois.

TULLE (Alexandre DE), seigneur de Saint-Geniès, r. p. M. Duffaure de Pauliac.

~~~~~~~~~~~~~~~

UZECH (Mme Descan, veuve du comte D'), r. p. le comte de Durfort-Léobard.

~~~~~~~~~~~~~~~

VALADE (DE).

VALENCE (le comte DE), r. p. son fils, le vicomte de Valence.

VALENCE (le vicomte DE), p. f. du comte de Valence, son père, et du marquis de Valence de Puygaillard, son cousin.

VALENCE DE PUYGAILLARD (le marquis DE), r. p. son cousin, le vicomte de Valence.

VALON DE LAPEIRE (Bernard), r. p. Aldouin Daraqui.

VASSAL (Mme DE), épouse de M. de Belcastel de Verdun, r. p. M. de Regourd père.

VASSAL DE SAINT-GILY (le baron DE).

VÉAL DU BLANC (Mme), veuve du comte de Lastic, r. p. M. de Gaulejac fils.

VEAURILLON (DE), baron de Langlade, r. p. M. de Lagarde-Besse.

VEYRAC (Mme DE), veuve de M. de Lagrange, seigneur de Lagardelle, r. p. le chevalier Alex. de Lapanouze.

VICOSE (le chevalier DE), p. f. de M. du Bosquet, baron de Genebrières et de M. de Lafaverie de Martignac, seigneur de Barthes, juridon de Molières.

VIDERAN (Mme Gabrielle d'Ablan de la Bouisse, veuve de M. DE), seigneuresse de Saint-Cirq, r. p. M. de Meirail.

VIGIER (DE).

VIGNALS (Mme DE), épouse de M. de Pelagrue, r. p. le chevalier Ch. de Bonal.

VIGNES (DE), seigneur marquis de Puylaroque, r. p. M. de Molières,